L'ARRIVÉE
DU BRAVE.
TOULOUSAIN
ET LE DEVOIR
DES BRAVES COMPAGNONS
DE LA PETITE MANICLE.

A TROYES,

Chez P. GARNIER — Imprimeur - Libraire
rue du Temple.

Avec Permission.

Arrivée du brave Toulousain.

PIED TORTU.

Honneur Toulousain.

TOULOUSAIN.

Serviteur, Pied tortu.

PIED TORTU.

D'où est la venue ?

TOULOUSAIN.

Elle est des Monts Pyrenées.

PIED TORTU.

Est ce un bon pays ?

TOULOUSAIN.

Ne vois-tu pas que j'ai eû le gras des jambes mangés par les mouches à cause de la chaleur du tems ? Et toi, Pied-tortu, d'où est la venue !

PIED TORTU.

Elle est de Rouen.

TOULOUSAIN.

Qui a t'il de nouveau ?

PIED TORTU.

Les Clercs de B ète ont forcé maître Jacques le Pietre, ancien Juré du corps de l'Etat, de remettre les Antiquités que nous possedons entre leurs mains.

TOULOUSAIN.

Quelles Antiquités possédons-nous !

PIED TORTU.

Nous avons la Langue du Juif errant, le Barbe du Bouc qui a été dans l'Arche de Noé, la Truelle du premier Maçon qui a travaillé à la Tour de Babylone : Nous avons trois morceaux de la muraille de la Bierre de brûlé, la Fontaine de puanteur, la Pierre de zigue-zague, le Tranchet d'éloquence : parbleu, notre État doit être considéré : ne sommes-nous pas des premiers de la Ville ? le plus souvent on nous cache derriere les portes. Allons nous en boire pinte, & nous parlerons sur le devoir.

LE DEVOIR DES BRAVES COMPAGNONS de la petite Manicle, de la maniere qu'il faut qu'ils vivent par les champs, de peur que leur suc ne soit mangé par les Anciens.

TOULOUSAIN.
Honneur, Maîtres & Compagnons, Savates & Savatissons, s'ils y sont.

PIED TORTU.
Ouy, pays, tout prêt à vous rendre le devoir, d'où est la venue, pays ?

TOULOUSAIN.
Elle est de Nantes en Nantois.

PIED TORTU.
Chez qui avez-vous travaillé ?

TOULOUSAIN.
Chez maître Matthieu la grosse patte.

PIED TORTU.
Est-ce un brave maitre ?

TOULOUSAIN.
Fort brave maitre.

PIED TORTU.
Qu'avez-vous remarqué dans cette Illustre & fameuse Boutique ?

TOULOUSAIN.
A main droite il y a trois alênes épointées à manche

A 2

de buy avec des Viroles d'argent & une vieille Forme mangée des vers, à main gauche trois brochettes de la cage & la tête de la Linotte que maître Juif errant apprenoit à siffler.

PIED TORTU.

Entre dans la Boutique : dit le mot.

TOULOUSAIN.

Beni soit l'arbre qui a porté la Poix.

PIED TORTU.

Vous êtes dans mon carosse : Dites moi, pays, qué signifient les jettons qui sont à notre Tablier ?

TOULOUSAIN.

Ils signifient la monnoye de Roland le vaillant qui en a tué treize & quatorze d'un revers de Tirepiep, qui lui mangeoient la jambe, à cause qu'il avoit les loups ; lui seul eût été capable d'empoisonner le Corps de l'Etat.

PIED TORTU.

Dites-moi Pays, que signifie le Tranchet ?

TOULOUSAIN.

Tranchet Royal, trempé par Maître Charles Besançon.

PIED TORTU.

Que signifie l'Asti ?

TOULOUSAIN.

C'est une des dents du cheval Bayard, par laquelle est venu le commencement de la guerre, & par lui elle finira : Il est encore vivant dans la Forêt des Ardennes.

PIED TORTU.

Dis-moi, Pays, que signifie le Baquet, fontaine de toute science ?

TOULOUSAIN.

Pendant que le cuir trempe, j'aprens ma Linette à
fiffler les louanges du Corps de l'Etat.

PIED TORTU.

Dis-moi, Pays, que fignifie l'Alêne ?

TOULOUSAIN.

L'Alêne frétillante, qui a travaillé au pantoufles
du premier Moutardier de Dijon.

PIED TORTU.

Maître, donnez-vous dix-huit deniers pour faire
la débauche ; Il faut aller chez l'Ancien Gouret,
Quel falut lui ferez-vous ?

TOULOUSAIN.

Je lui dirai, honneur pays, gardons la Savatte du
défordre du tems, allons vuider les pintes & les
pots.

LETTRE,

Du Sieur Bellalêne à fa Maîtreffe.

MADEMOISELLE

SI le ligneul de mes fervices, avec l'Alêne de
ma bienveillance & le charmant Tire-pied de
mon bonheur pouvoient joindre par une amou-
reufe couture votre cœur au mien, je me croirois
le plus heureux Porte-Aumuche du monde, mais le

malheur de mon peu de mérite m'abime presque dans le désespoir. Persuadez vous que j'ai l'ame si outrepercée du clou de vos perfections, que jamais allumelle ni tranchet n'ont entré plus avant dans le meilleur & plus franc cuir de rousti. Faites graces à un Amant transi, & employez en sa faveur l'entrepointe de votre tendresse, & moi je vous jure d'employer ma forme, mes soyes & ma manicle, pour me guider à obtenir vos bonnes graces. Ne doutez pas que mon amour ne s'éguise sur la pierre à effiler de votre aimable maintien, où j'espere un jour ficher la cheville de mes vœux. Mais si par la poix de mon attachement je puis tenir sur ma selle, je laisserai pour un tems siffler ma Linotte dans la cage d'amour. Croyez, Mademoiselle, que toute mon ardeur sera d'employer mon polissoir, afin de vous faire voir qu'un jour je ferai gloire d'être pour vous Brelandier. Ce sont les vœux & les souhaits que je fais, pour être en quelque façon digne de me dire avec juste titre ;

MADEMOISELLE,

Votre très-passionné & à jamais
Esclave & Orfevre en Cuir,
BELLALESNE.

RECIT VERITABLE ET
Autentique de l'honnête Réception d'un Maitre Savetier, Carleur, & Réparateur de la Chaussure humaine.

L'ASPIRANT.

MESSIEURS Messeigneurs, pardonnés à mon ambition, mais comme il a plû à Dieu me rendre capable de solliciter d'être reçû au Corps de l'Etat, aussi vous suplie-je instamment avec tout le respect qui est dû à la dignité de vos caracteres, de m'incorporer en votre Illustre & Vénérable Corps ; assurez-vous, Messieurs, & soyez persuadez que j'en soutiendrai la gloire & l'éclat, avec toute l'ardeur imaginable.

L'ANCIEN.

Mon grand Ami, nous louens votre zéle ; mais combien avez vous d'années d'apprentissage ? car sçachez que quand ce seroit un des Grands de l'Etat, qui voudroit être reçû dans notre métier, il faudroit absolument qu'il eût fait sept années d'Apprentiffage ou qu'il épousât une fille de Maître.

L'ASPIRANT.

Messieurs, Messeigneurs, il n'y a pas justement sept ans que je m'instruis, mais outre que pendant plus de six ans que je travaille, j'ai été enseigné par un des habiles hommes de l'Europe, c'est en quoi je dois être en quelque façon dispensé de l'autorité de vos Statuts, & par l'avantage, que j'ai pour mere la fille de maitre Crevia, qui est présentement Député de la Communauté, & occupé à la poursuite de votre Procès contre les Maitres des Basses-œuvres, pour l'honneur & la préséance qu'ils osent vous disputer depuis quelque tems, & qui a quitté pour cela la charge qu'il avoit de premier Coûtre d'honneur du Pain-beni de la Paroisse de St. Amand.

L'ANCIEN.

Vous avez de grands Titres pour n'être pas réfusé; mais notre Loy, sur le Chapitre *du Corps*, ce qu'elle prescrit est inviolable, & tel qu'il mérite être le plus suivi, par la raison qu'elle aporte, que c'est pour s'acquiter plus éxactement de la profession vû la capacité consommée & vive force d'esprit inépuisable; car quand il faut trouver dans un cuir de Barbarie vingt-quatre semelles & douze bouts, il faut que l'esprit travaille & que cela parte de-là; Vous me semblez avoir lû cette science aux Statuts; cependant afin que l'on ne nous puisse rien reprocher

& que l'on ne vous accuse pas d'avoir profané l'ex-
cellence de l'art, en y admettant un homme qu'on
pourroit toûjours en juger indigne, jusqu'à ce qu'il
ait donné des marques du contraire; il est bon que
vous fassiez chef-d'œuvre.

L'ASPIRANT.

Messieurs Messeigneurs, je vous prie très-hum-
blement de ne vous point mettre en cette espérance,
qui ne serviroit qu'à m'éloigner pour quelques jours
du bonheur où j'aspire; j'aime mieux qu'il m'en coû-
te quelque argent.

L'ANCIEN.

Combien avez-vous à mettre dans le Coffre du
Métier ?

L'ASPIRANT.

Messieurs, Messeigneurs, je n'ai que cinquante
Ecus.

L'ANCIEN.

Il faut deux cens livres.

L'ASPIRANT.

Messieurs, Messeigneurs, contentez-vous de
cela.

L'ANCIEN.

Il faut autant, mon grand ami.

L'ASPIRANT.

Messieurs Messeigneurs, j'ai été Laquais chez Monsieur de l'Arsenac, un des Grands de France, qui aura l'honneur de vous remercier de vos bontés pour moi.

L'ANCIEN *parlant aux* GARDES.

Ne ferons nous rien en faveur de l'Arsenac, qui est un des Grands de France ?

LES GARDES.

Allons, il mérite bien quelqu'égards.

L'ANCIEN.

Hé bien à sa considération on reçoit votre offre. Levez la main : ne jurez-vous pas d'observer éxactement les Réglemens ?

L'ASPIRANT.

Je le jure.

L'ANCIEN.

De ne vous rencontrer jamais dans un repas sans vous enyvrer jusqu'à dégueuller par tout, & emporter à votre maison quelque morceau de viande dans votre poche.

L'ASPIRANT.

Je le jure.

L'ANCIEN.

De faire parler de vous dans la Ville, à l'exemple vos compagnons, au moins trois fois en votre vie.

L'ASPIRANT.

Je le jure.

L'ANCIEN.

Et quand vous trouverez quelque Maitre, qui commettra quelque faute, de lui répliquer qu'il ne sera jamais qu'un Maçon, ce métier étant au dessous de votre devoir pendant votre vie.

L'ASPIRANT.

Je le jure.

L'ANCIEN.

D'enseigner fidellement à ceux qui vous le demanderont, la demeure la plus cachée des gens les plus inconnus.

L'ASPIRANT.

Je le jure.

L'ANCIEN,

De ne travailler jamais le Lundy.

L'ASPIRANT.

Je le jure & rejure.

L'ANCIEN.

D'avoir trois Linottes & un Geay à siffler, & leur enseigner fidelement.

L'ASPIRANT.

Je le jure.

L'ANCIEN.

De vous informer curieusement de tout ce qui se passe chez vos Voisins.

L'ASPIRANT.

Je le jure.

L'ANCIEN.

D'aller tous les Dimanches & Fêtes sur la place, pour parler de la guerre, & des autres affaires du tems.

L'ASPIRANT.

Je le jure.

L'ANCIEN.

NOUS, Ancien du Métier, toûjours Vénérable Savetier, Carleur & Réparateur de la Chauffure humaine en cette Ville de Rouen, de l'avis & du consentement des Gardes assemblez en la maniere accoûtumée. Nous recevons, admettons, établissons & faisons Maitre Savetier, Carleur & Réparateur de la Chauffure humaine, en cette Ville de Rouen, le Sieur Maximilien Bellalêne, pour en jouir aux Droits, Prefséances, Dignitez & Priviléges y attachez.

LES GARDES.

VIVAT, VIVAT, VIVAT.

L'ASPIRANT.

Je vous remercie, Messieurs, Messeigneurs; c'est une seconde naissance que vous venez de me donner; mon Pere m'a mis au monde, il est vrai, mais vous m'avez fait Maitre Savetier, ce qui est bien autre chose.

L'ANCIEN.

Il ne reste plus qu'à sçavoir de qu'elle branche vous voulez être, nous en avons de trois sortes.

Primo. Les Urelus.

Secundo. Les Brelandiers.

Tertio. Les Portes-Aumuches.

Les Urelus ont à leur devanteau une Virolle de cuivre en forme de jetton, & tiennent Boutique en leurs maisons.

Les Brelandiers y ont un moule de bouton, & tiennent un Etail ou Brelan au coin d'une ruë.

Les Portes-Aumuches y ont un petit morceau de cuir taillé en rond, & vont par les rues criant : à ces vieux Souliers ?

L'ASPIRANT.

Je désirerois être Porte-Aumuche.

L'ANCIEN.

Soit, prenés votre ton.

L'ASPIRANT

A ces vieux Souliers ?

L'ANCIEN.

Vous contrefaites la voix de maitre Gaspard, qui a si bien conservé les droits de notre métier ; mesurés votre ton d'une notte.

L'ASPIRANT.

A ces vieux Souliers ?

L'ANCIEN.

Vous prenez le ton de maître Albert : prenez plus haut.

L'ASPIRANT.

A ces vieux Souliers ?

L'ANCIEN.

Vous y voilà, vous y voilà ; gardez-vous bien de l'oublier. C'est de tout tems immémorial que vos Prédecesseurs ont sagement ordonné que l'on régleroit la voix de chaque maître, pour éviter la confusion & les surprises qui pourroient arriver. L'on vous dégraderoit si vous chargiez seulement d'une notte : Allez, faites trois tours par la Ville, & donnés des Bouquets aux maitres. Et quand vous passerés devant la Boutique, ou que vous rencontrerés quelque maître Urelus, quel Salut lui ferez vous ?

L'ASPIRANT.

Je lui dirai, bon jour Maitre.

L'ANCIEN.

Et aux maitres Brelandiers, que leur dirés-vous ?

L'ASPIRANT.

Bon jour donc.

L'ANCIEN.

Et aux Maitres Portes-Aumuches ?

L'ASPIRANT.

Bon jour.

L'ANCIEN.

Où irons-nous faire la Fête de votre Réception ?

L'ASPIRANT à L'ANCIEN & aux GARDES.

Meſſieurs Meſſeigneurs, Moreau met de la fiente de Pigeon dans ſon Vin, Variquet y met de la colle, allons au grand Gaillard bois.

Fin de la Réception.

APPROBATION.

J'Ay lû le préſent Livret, je crois qu'on en peut tolérer l'impreſſion : A Troyes ce 29 Mars 1731.
GROSLEY, *Avocat.*

PERMISSION.

P Ermis d'imprimer : A Troyes ce 29 Mars 1731.
CAMUSAT.

LE MAGNIFIQUE

Et superlicoquentieux Festin fait à Messieurs Messeigneurs les Vénérables Savetiers, Carleurs & Réparateurs de la Chaussure humaine, par le Sr. MAXIMILIEN BELLALESNE, nouveau reçû & aggregé au Corps de l'Etat : Avec la Liste de tous les Régals, Services de Table, Mets, Desserts & Préparatifs du Festin : Et la Réjouissance, les Danses, & autres Divertissemens de l'Illustre Compagnie.

Le nouveau reçû à l'Ancien & aux Gardes.

CONSIDERANT, Messieurs Messeigneurs, les grandes obligations que je vous ai d'avoir eû tant de bonté pour moi, que de me recevoir dans vôtre Illustre Corps, sans même m'avoir fait faire de Chef-d'œuvre, ce qui est une grace toute particuliére, & qui ne s'accorde qu'aux Fils de maîtres, qui ont le plus rendus de services à votre Compagnie. Je prend donc la liberté de vous

C

prier avec vous, tous vos Messieurs Messeigneurs les ANCIENS GARDES ; & autres Vénérables & discrètes personnes qui composent le corps de l'E-tat, à un petit Banquet, indigne toutefois du mé-rite de vos personnes, lequel je ferai préparer, s'il vous plait pour demain.

L'ANCIEN.

Nous voyons bien, notre Ami, que nous n'avons pas obligé un ingrat ; car vous vous y prenez de la bonne manière : aussi avons-nous de la considération pour l'Arsenac un des Grands de France, & de qui vous avez porté les couleurs. Mais, mon ami, avez-vous fait choix du lieu où vous désirez régaler la compagnie ? car il est question d'avertir dès ce soir ; c'est la coutume ordinaire qu'on observe. Il y a di-vers Hôtels de bonne chere, & du moins que le lieu ne soit suspect à personne ; par exemple, où l'on n'ait pas laissé Manteaux, Tabliers, Tenailles, Formes, Tire-pieds, Manicles, Aumuches, ou autres gages faute de monnoye pour payer l'écot : Exceptez en aussi la cave aux miracles, à cause du bruit qui s'y passa dernièrement, trois de nos confreres firent le Diable à quatre, & où leurs Femmes furent mal-reçûes allant querir leurs Maris. La chose est encore trop nouvelle & trop fraiche.

LE NOUVEAU REÇU.

Messieurs Messeigneurs, l'Hôtel sera où il vous plaira. Voulez vous le petit chien marin ? nous y aurons du meilleur.

L'ANCIEN.

Je vous crois, mais le lieu ne nous plaît pas;

LE NOUVEAU REÇU.

Le Bachus, la Galate, la Sallemandre, le Gaillard bois, la Sirène, la chevre, l'Esperance, le Signe de la croix, la Bastille, la Nouvelle France, la Perle, la Barbe, tout cela ne dit-il mot ? allons donc chez le grand Traiteur.

L'ANCIEN & les GARDES retroussent leurs Chapeaux

Mon grand Ami, c'est bien dit, à un écu soixante sols moins par tête, on y peut être bien traité, & on y boit à la glace à juste prix, si on veut, quand on est trop échauffé dans son harnois.

LE NOUVEAU REÇU.

A demain donc, Messieurs, Messeigneurs, entre cinq & onze de grand matin, s'il plaît à vos Révérences. Je m'en vais cependant donner ordre aux apprêts & convier Messieurs Messeigneurs les Anciens Gardes, Messeigneurs les Urelus, Messieurs les Brelandiers & Porte Aumuches, enfin tous les confreres du corps de l'Etat, après avoir porté des Bouquets aux Maitresses, que je prierai d'honorer de leurs présence l'Illustre compagnie,

C ꝫ

L'ANCIEN.

Vous êtes civil & honnête au delà de tout ce qu'on peut dire.

LE NOUVEAU REÇU.

Messieurs Messeigneurs, je ne fais que mon devoir.

L'ANCIEN.

A demain donc, au lieu & à l'heure dite.

LISTE DES METS, RAGOUTS, ET
Préparatifs du Festin.

LE NOUVEAU RECU au TRAITEUR.

Ça, Monsieur & Madame, nous regalerez-vous céans & de la bonne maniere ? Nous sommes un nombre assez considerable, & gens qui ne se mouchent pas sur la manche. Il y va d'un passe Maitre & au moins de huit ou neuf cens qui ne manquent pas d'apetit ; pour de l'argent, ne vous en mettez pas en peine, vous serez payé comptant ; & en telle monnoye qu'il vous plaira, en cabrioles, gambades, monnoye de Singes, & autres especes de cours & de bon alloy, le tout de poids.

LE TRAITEUR.

Monsieur, avec des gens d'honneur on ne perd jamais rien ; tout est à votre service, moi & ma femme aussi.

LA TRAITEUSE.

Vous me faites trop d'honneur, mon Mari, d'offrir mon service à de si honnêtes gens.

LE NOUVEAU RECU.

Ouy, Madame, nous ne sommes pas de ces gens

du commun, de ces Jean de Nivelles, Jean de clofes, Jean potages, Jean de Verr. Jean farine Jean le Linger, Jean l'Epicier, Jean des Vignes, & une infalité d'autres : Enfin nous fommes du Corps de l'Etat, fi fameux & fi renommé dans le Royaume.

LE TRAITEUR.

Ah ! Monfieur, du corps de l'Etat ! Que d'honneur vous me faites ! car j'ai toûjours ouy parler du corps de l'Etat, & il eft fouvent fur le tapis : Entrez, s'il vous plaît, dans l'Appartement, & voyez.

LE NOUVEAU REÇU.

Couci, couci, votre haute liffe n'eft pas neuve; vos chaifes ne font pas endoffées de nouveau ! Sus cœur, Madame ; donnez-nous de beau linge ; car tout le corps de l'Etat eft fort curieux. Que nous donnerez-vous à manger ? Donnez-moi trois cens baffins de foupe aux navets, d'un pied & demi de bord.

LE TRAITEUR.

Voulez-vous une Lifte d'un honnête fervice ? J'en ai un tout prêt. Voyez, Monfieur.

LE NOUVEAU REÇU.

Voilà Monfeigneur l'ANCIEM & Meffieurs les GARDES qui paffent par bonheur ; je les vais faire venir pour avoir leur avis : Meſſieurs Meſſeigneurs, vous plaît-il d'entendre la Liſte des Mets que Monſieur le Traiteur nous veut ſervir ?

L'ANCIEN.

Vous êtes trop zelé pour le Corps, de nous faire les Arbitres du Feſtin.

LE NOUVEAU RECU.

Le devoir du nouveau Maître, ne demande pas moins, Meſſieurs Meſſeigneurs, car chacun a ſes goûts & ſes apétits.

L'ANCIEN.

Puiſque vous êtes ſi condeſcendant au gré de la compagnie, & que vous avez tant d'égards à traiter le Corps, liſes votre Liſte, Monſieur le Traiteur.

LE TRAITEUR.

Trois cens Plats baſſins de ſoupe aux Navets, bien mittonnez, à pied & demi de bord, comme Monſieur l'a demandé.

L'ANCIEN.

Bon, j'aime bien la ſoupe ; cela ne va pas mal, à trois pour un Baſſin.

LE TRAITEUR.

Quarante-huit douzaines de fressures de Veau, avec foye & poulmon, pour premier plats d'entrée de table ; & sur le tout la sauce d'un jaune d'œuf.

Item. Pour entre-mets, soixante & quatorze plats de coquesigrues, tant du Levant que du Ponant, passée au beure noir.

Item. Cent corneilles emmantelée au bec doré.

Item. Quatre-vingt flaques de lard, coupées par tranches & mises à la grilliade, parsemées d'un liard trois deniers de muscade, de clouds de quatre vingt, & de giugembre battus ensemble.

Item. A l'entrée de table, soixante estomachs d'Austruches, lardées de Romarin, le tout fond en bouche.

Item. Cinquante douzaines de pieds de bœufs, à la vinaigrette, avec autant de quartaux de moutarde de Dijon.

Item. Deux cens douzaines d'Hyrondelles, avec jus de prunes séches.

Item. Cent cinquante plats d'Amphibies, à la sauce Huguenote.

Item. Cinquante huit accollades de Bufles marins, assortis de soucis & de patience, avec Huile vierge de cotterets & vinaigre sureau.

Item. Quatorze bisques de queues de Singes salées.

Item. Un Service entier de roignons de Cirons, assortis de jus de Citrouilles.

Item. Vingt-quatre Bassins de crépuscules du matin & du soir, farcies de châtaignes, avec brides à Venus.

Item. Soixante & quinze assiétes de langues de mouches, fumées & lardées de loups marins.

Item. Trente longes d'Aspics, lardée de cornes de Cerfs, couvertes de rouelles de même.

Item. Quatre douzaines d'Epigrammes pointues, à la Sauce verte.

Item. Dix-huit bisques d'oreilles de canards sauvages, avec des andouillettes farcies de crottes de Brebis.

Item. Une douzaine & demie de crocodiles en goblinez.

Item. Vingt-huit mafelieres d'Asnes sauvages, grilées, avec jus de citron.

Item. Vingt deux plats bassins de vesses de Loup, fricassées au beure frais autant comme de salé.

Item. Vingt rables de Loups cerviers, à la persillade.

Item. Six douzaines de cuisses de Licornes, au chaud lard.

Item. Vingt-deux fricassées de mauvais assortis de Faucon, à l'Echalotte.

Item. Huit douzaines de tourtes de ventre bleu, à l'eau rose.

Item. Trois douzaines d'assiettes d'Etoiles fixes, avec marmelade.

LE DESSERT.

Vingt-cinq douzaines de Bassins de Poires d'angoisses & d'étranguillon.

Item. Autant de Tartes de crottes de civettes, avec raisins de Corinthe.

Item. Cinquante plats de Capres virolieres, & d'Amandes laitées.

Item. Pour les Dames & Femmes de ces Messieurs chacune sa Boëte de confitures, autant de séches que de liquides, asserties de dragées de frimats, de grésil, des meilleurs de l'Hyver.

Item. Soixante-quatre bassins de gelées de Décembre ou de Janvier de la présente année.

Item. Vingt douzaines de corbeilles de Pommes d'Adam, qui prennent au gosier quand on s'étrangle.

Item. Trois rangs de bassins de Mennets, & autant de Branfle-gais.

L'ANCIEN.

Notre cher ami le Traiteur, vous êtes homme de grands regal, je vois bien que vous traitez souvent les Grands, dans la rareté ou l'abondance, & j'admire la diversité de vos Mets ; Mais pour le vin, nous ne disons mot.

LE TRAITEUR.

Assurez-vous que vous ne boirez pas ici de forçat

ou de Pifquentiac ; mais du meilleur de la cave ;
j'en percerai bien un tonneau , ce n'eft pas du vin à
deux oreilles , & fi il donne fur le taupet il ne s'en
faut pas plaindre.

L'ANCIEN aux GARDES.

Meffieurs , arrêterons-nous ici notre Afne ? s'il y
fait bon , pourquoi ailleurs ?

LES GARDES à L'ANCIEN.

C'eft tout dire , nous ne pouvons être mieux ; le
bon vifage de l'Hôte , & la belle Hôteffe , ont je ne
fçai quoi qui attire les gens.

L'ANCIEN.

Il eft néceffaire de faire un Rôle de ceux qu'on
doit apeller demain , & d'y envoyer le Clerc. Sur
tout , n'oublions pas la Violette & fon Pere , ce
font les Arcs-boutans du corps de l'Etat : Maitre
Gafpart qui a fi bien foutenu nos droits à la barbe
de tout le monde : Maitre Pironette , Chriftophe
Gros-cul , Nicolas Thuyau , Thomas cul-de-Bré ,
Denis Barbe-verte , qui ont toûjours coûtume d'af-
fifter aux chefs-d'œuvres , & aux affaires de grande
importance du corps ; le bon homme Tobie , qui
a toûjours mené fi bonne vie , & tant qu'il vivra ,
bonne vie menera.

LES GARDES.

Et pour jeunes Maîtres ; n'aurons-nous pas Meffieurs Gribouille, Grouin, la Planche, Balafre, Belle-avaloir, Saffredent, Boudin, Baudin, Rude-en-Sauce ?

L'ANCIEN.

Ce feroit peché que de les oublier, ce font les plus affectionnés du Corps, & qui en foutiennent l'honneur & les prérogatives.

LE NOUVEAU RECU.

Meffieurs Meffeigneurs, j'aurai foin de les faire apeller & de leur marquer le lieu pour s'y trouver demain.

L'ANCIEN au NOUVEAU RECU.

Ce n'eft pas tout, mon ami, après la pance vient la danfe ; penfez un peu aux Vielles, Violons, Guitares, Mandores, Haut-bois, Flutes-douces & autres Inftrumens de Mufique.

LE NOUVEAU RECU.

Meffieurs Meff igneurs, la grande bande fi vous le fouhaités.

L'ANCIEN.

Ce n'eft pas mal penfé ; car à préfent Saint Agnan

& le Bois Guillaume ne difent mot , la Miroye
garde filence , Sotteville & Griffel ont perdu leur
joye, Dernetal a le bras mort, le mont aux malades
ne rit plus , la grande bande donc fupléra aux défaut
mon ami , il nous faut ce petit divertiffement ; car
auffi bien aurons-nous les Dames , qui ne manqueront
pas de danfer de bonne forte.

LE NOUVEAU REÇU.

Meffieurs Meffeigneurs , il ne fera pas hors de pro-
pos de faire dreffer un Théâtre à quatre chœurs : l'un
pour l'entrée de Table , l'autre pendant le dîner , le
troifiéme pour le Deffert , & le quatriéme pour les
Dames & pour la Jeuneffe.

L'ANCIEN.

Ce n'eft pas comme Piéfrelin qui nous ayant pro-
mis mont & vaux , nous faifoit efperer un grand Ré-
gal à la Croix verte , & là il fallut dîner chacun fur
notre bourfe , & nous fallut laiffer des gages fuffifans
& comme nous en fommes toûjours bien garnis on
les accepta. Auffi nous l'avons biffé du Rôle ; &
retranché des honneurs qu'il auroit reçûs dans notre
Corps de l'Etat : Allez , vous ferez toûjours confi-
deré comme un des premiers Portes-Aumuches , &
tiendrez un jour le rang parmi les Brelandiers.

LE NOUVEAU REÇU.

Messieurs, Messeigneurs, en attendant demain, entrons dans la Salle & prenons-y un petit déjeuné. J'ai aussi bien quelque chose à vous communiquer qui me regarde & qui n'est pas de peu d'importance.

L'ANCIEN parlant aux GARDES.

Entrons, Messieurs, ne disons mot ; nous avons dans nos mouchoirs dequoi faire ripaille, le Traiteur nous voudra bien mettre la nape, sans lui communiquer rien de notre fait.

LES GARDES.

Ce n'est pas mal avisé, aussi bien je crois que nous ne sommes pas chargez d'argent l'un plus que l'autre, & notre ami le nouveau reçu en sera quitte pour quatre ou cinq pots de Poiré à deux carolus le pot.

LE NOUVEAU REÇU.

Messieurs, Messeigneurs, ce m'est trop d'honneur, une vingtaine s'il les faut ; mon Aumuche & mon Tablier tout neufs sont des gages assez suffisans pour nous tirer d'un tel écot, outre que j'ai encore une invalide & une pièce tapée.

Fin du Magnifique Festin.

APPROBATION.

J'Ay lû le préſent Livret , je crois qu'on en peut
tolerer l'impreſſion : A Troyes ce 29 Mars 1731.
GROSLEY , *Avocat.*

PERMISSION.

PErmis d'imprimer : A Troyes ce 29 Mars 1731.
CAMUSAT.